호주머니 속 명랑

유기택
시집

호주머니 속 명랑

유기택
시집

도서
출판 북인

호주머니 속에 든 추자楸子 두 알처럼,
손때 올라 반질거리는 생각들을 모았다.

달각거리는 소리를 따라가면 누가 있다.

다정하게, 안녕?

사느라, 모두 조금씩 쓸쓸했던 것 같다.

2020년 7월
유기택

차례

1부

행각승

들팽이가 되는 것

상처받으며
금지된 말씀을 깨닫는 것

그것을 늘려가는 것
그리고 잊지 않는 것

그리하여
완전히 침묵하게 되는 것

오직
집으로만 가는 길 보퉁이

고요한
명주달팽이 길굿

방울벌레 우는 밤

철렁

무엇이 잘못된 걸까

차가운 손이 이마를 짚는다

쓸쓸한 것들이 운다

울음터

벽이 없다

기대 울 데를 찾다
두 손바닥을 펼쳐 얼굴을 묻었다

벽에다 운다

나도 가을이었다

새벽 달빛이 밝아 성긴 별빛에도
어느 겨를에 겨울 별자리가 선명합니다

새벽빛 어둑한 계단을 내려서다
가을이네
혼잣말을 중얼거리는 사이
얼른 쓸쓸한 말들이 다녀갑니다

잘 가, 나로 서러웠던 애인들아

별빛 하나 아스라이 닫히다
사각의 평평한 지도 위에 눈이 내립니다

가을날 눈이 내리는 달밤
그런 가만한
어깃장 같은 생각이 되어보는 것입니다

인디언서머

가을 저녁 빛 스러지는데

먹부전나비 하나가, 날아다니오
먹빛이오

먹부전나비 하나가 또 날아오오
먹빛이오

먹부전나비 둘로 하늘 가득하오
먹먹하오

강물에 풀리는, 먹빛이오

가을 서정

우두벌 온수지로 흘러 들어간 버림 물은
붉은 저녁 구름장들이 화장용 거울로 사용했다

가만히 떠 있는 붉은 저녁 구름과 오리들

붉은 구름장이 가새이부터 푸르게 바뀌는 동안
오리 떼에서 조용한 소요가 일었다
여러 작은 무리로 나뉘어 동동거리며
마지막 자맥질을 서로 독려 중이었는데
사라지는 붉은 것들의 인양에는 실패한 듯했다

저녁에서 붉은 물이 빠져나가는 동안
회색으로 탈색한 머리카락 뿌리에서
검은 머리카락이 다시 자라기 시작한 아이와
단물이 빠져나가기 시작한 슬픈 껌의 동안

우리가 애써 잊으려는 것들의 동안

샘밭 쪽을 시내로 싣고 가는 13번 시내버스는
주말 저녁이었으므로 텅텅 비는 일에 열중했다

듬성듬성 남은 사람들이나 오리 떼나
핸드폰의 낙담을 포대기처럼 둘러쓰고 앉아
모두 다, 저녁을 지낼 일에만 골몰했다

시내는 언제나 생각보다 먼 곳에 있어
들판에다 풀어놓은 푸른 이내는 좀 더 멀리로
흐려지다 멀어지다 시내 쪽에서 아주 사라졌다

이내 같은 이들이 사라지는 터미널로 간다

여기보다 조금 더 멀리 가서 멈춘 거기로 간
먼저 가 있을, 풀죽은 걸음 소리들을 떠올리다
여기쯤서 그만 내려야겠다는 생각을 했다

멎었다, 모두 잘 지내게 될 거야

벌떡 일어서려다 왼쪽으로 조금 기웃했다
비어, 걸음 텅텅 울리며 집으로 돌아가고 싶었다
집으로 가는 길은 등 쪽으로만 흐리게 나 있다

샘밭에선 아내가
끓이던 청국장을 태우고 있을지도 모를 일이었다

0이 1로 비워지는 동안

시월이 마지막 가던 날 저녁 바람이 불었습니다
그 바람이 저물어 십일월이 되었습니다

십일월은 바람이 흔들어놓고 간 막대 바람종
바람이 종일 그 종을 흔들어 챙그렁거리다
마지막 주막을 살고 간 주모를 불러냈을 겁니다

11월은
부엌간 바람벽에다 주모가 부지깽이로 그어놓은
외상장부 속 사내들의 이마 위 바코드
외상을 살다간 사내들 걸음의 삐뚤빼뚤한 이력

그런 델 또 살고 있는 건 아닌지
10에서 11로, 0이 1로 채워지는 거꾸로
비어가는 사내 같은 델 두드려보다 들여다보다

문득
십일월을, 어떻게 다 살아야 할지 모르겠습니다

나는 코끼리다

사는 건 순전히 젖값이다

아버지며 어머니며 형들이며
남은 심지, 까맣게 타들어가다
맥없이 툭툭 부러지던 며칠을

나는
속마음을 먼저 놓았던 젖값이다

세상 어딘가에
코끼리 무덤이 있다고 들었다

너무 환해
차라리 놓으라 한 반지빠른 속말을
희미하게 웃던 그리움에
편히 사위고 가라 차마 못한 말을
죄 탕감하며 본
이젠 누가
내게 거짓말을 하게 될지도 아는

코끼리는 그때가 오면
스스로 무리를 떠난다고 했다

떠난 그 계절마다
돌아온 무리가 그를 맡고 간다고

자기 생의 기도처럼
머물다 떠난다고 했다

살아남은 것이 미안하지 않도록
어디 코끼리 무덤이 있다고 했다

안개 무덤

빛조차 새지 못하는 안개에 갇혔다

가로등 몇 걸음 앞이나 뒤
빛의 무덤이여

무덤의 이해는
아무리 오래고 그 자리에 있는 것

저를 지우며 서 있는 비문들이여

무덤과 무덤 사이를 비집고
날마다 새로 들어서는 잡담들이여

즐비한 한통속들이여

죽은 자들의 얼굴이 불쑥 나타나
중얼거리다 사라지는 안개 무대여

가을비 빗줄기 뒤에서 서성대다
우두커니 섰다 사라지는 것들이여

물소리처럼 흘러가
돌아오지 못하는 것들이여, 잘 가라

한때 빛나 보이던 등 뒤 어둠이여

시인의 집에서는

선캄브리아기에 시인이 하나 살았다
세상은 하나의 대륙이었고 섬이었다

그 섬에다 집을 지었다

집 뒤란을 조금 돌아 내려가면
날마다 표정을 바꾸는 늙은 바다가
감실거렸다

시인은
바다로 가는 길을
고래 음계의 계단이라고 불렀다

소리가 안 나는 피아노
바다에서 떠밀려온 죽은 고래가
느리게 해체되고 있던 뒤란 바닷가
그곳에 서서
고래의 음계로 조율된
바람의 뼈를 닮은 휘파람을 불었다

고음이 하얗게 빛나는 뼛조각을 주워
홀린 듯 집으로 돌아오곤 했다

주워온 새하얀 뼛조각들로
아내나 애인들의 반들거리는 장신구를
며칠이고 밤을 새우며 만들었다

가문의 문장 같은 아내나 애인들을

그러다 덜컥덜컥 앓아누웠다

앓다, 흰 구름이 되거나
수평선에 깔리는 저녁노을이 되거나
그러다 고래의 순장이 되었다

그 집 뒤란에는 낡은 피아노가 있다

이젠
소리가 잘 나지도 않는 시인 하나가
하얗게 바랜 고래 뼛조각을 줍고 있다

시인 하나가 저를 해체하고 있다
내일이면 바다로 고래를 돌려보내야 해서

봄이 오려나 보오

진달래 산, 꽃밭에 가면 문둥이가 산다고
손가락 떨어진 마디에 진달래 꽂고 아기들을 부른다고
설움이 간지러워 아기들을 간질여 간을 빼먹는다고

봄이 오면 진달래 피는 산에 나는 가보아야겠네

지난밤부터 어쩐 일인지 피가 나도록 내가 간지러웠네
선혈을 몰래 훔치다 분홍이 되고 싶었네

징그러운 율모기 등짝처럼 서러워 숨어 지내고 싶었네
문둥이 꽃밭에 가면 진달래가 피었더라고

봄이 저 혼자서 울다 웃다 미친 듯 회춘하고 있더라고
춘첩자에는 회춘 대길이라 쓰고 있더라고

떨어진 손가락을 묻어주고 있더라고

봄이 오면, 진달래가 피는 산으로 먼저 가보아야겠네

슬픔만 비치는 거울

일요일로 시작하는 12월의 첫날 아침
겨울 연습은 끝났다

11월 마지막 날 저녁, 전화를 받았다
동생 부부와 저녁을 먹던 중이었다

소원해지다 떠난 사람들을 생각했다
사람들은 준비했던 것처럼 늘 떠났다

뜻밖의 혼잣말이 불쑥 튀어나왔다

"그랬을 거야."

"뭐가, 형?"

"아니야, 잠깐 다른 생각을 했어."

아니었다
그리고 술을 조금 마시고
강둑길을 따라서 천천히 조금 걸었다

영원할 것처럼 떠드는 것들이 싫었다
싫다고 무엇이 바뀌는 일은 없다

슬그머니 곁에 와 섰던 저녁이 좋았다

"변종일지도 모르지."

"뭐가?"

"응, 그냥."

우리는 모두 서로 조금씩 버리고 있다
버림으로 시작해서 버려지고 있었다

겨울이 시작되었다
거울 앞에 서서
나는 지금 겨울나기를 버퍼링 중이다

순간에 대한 이해

일요일 오후 시작한 비가 밤까지 이어졌다

겨울비 내리는 밤
자려고 반듯이 누워 빗소리를 맞고 있었다

거침없이 나를 지나가는
맥없이 나를 통과해 바닥에 닿는 빗소리를
들었다

내가 만져지지 않았다
바람 소리였는지도 모른다

가로등 불빛에 떠밀려온 나무 그림자가
유리창에
흔들리다 매달리다 미끄러지곤 했는데

까부라지고 있다는 생각을 놓을 수 없었다

툰드라의 습지를 건너가는
이국의 젖은 짐승들 발걸음 소리가 보였다

짧은 주말여행에서 돌아온 사람이 보낸
잠깐씩 보고 싶었다는 말이 귀에 맴돌았다

무슨 기념을 하는 사람들로 자욱한 카페
어둑한 구석에서 손 흔들던 사람이 보였다
순간 알은체하지 못했던 그때를 생각했다

순식간에 입김처럼 흐리던, 그의 메시지가
어딘가에 무사히 남아 있을 것이다

전송된 메시지로 끊임없이 저장되고 있었을
허망한 미확인 메시지들을 애도했다

'겨우'라는 시

새벽에 듣는 쇼팽

음악이
새벽을 지배하는 것은 싫다

문장과 문장 사이의 여백으로
볼륨을 낮추어 '겨우'로 맞춘다

'겨우'라는
아슬아슬하고 쓸쓸하고 다행인
흘려버리기 맞춤한

하루를
겨우 살아보는 건 얼마나 좋은가
다정한 말인가

커피잔에 남아 다 식은 커피 같은가

겨우 사랑하고
겨우 행복하고

겨우 가난한

쇼팽을 듣다
빼먹은 문장들을 다시 채우고 있다

성에꽃이 피었다

알아요

우리에겐 한때라는 계절이 있었다

강이 흐르던 시절

간헐천 건곡 와디 우에로 드라이와시
아로요

"알아요"라고 말했지만
그건 알 수 있는 일의 조금이었다

2부

사람학 개론

꽃이 피는 게 아니라 나무가 피는 거지

눈이 오는 게 아니라 하늘이 오는 거지

무거워지고 있던 어떤 생각들이 몰리며
어쩔 수 없어 안이 밖으로 열리는 거지

사람들은 꽃이 피더라고 하지

한번만 꽃이라고 말해주어도

나무나 하늘이, 우리 가까이 오는 거지
우리에게 와선, 한 뼘 훤칠해지는 거지

우리에게도 그런
사람이 사람을 다녀가기도 하는 것이지

우울이라는 거울

화장실 벽에는 좀 크다 싶은 우울이 걸려 있다

초로의 사내가 그 앞에서 머뭇거리다 돌아섰다

픽서티브로 고정되지 않은 사내를 손으로 쓱 문지르고
세면대 앞에서 공들여 손금을 닦아낸 뒤로였다

우울이라는 거울의 건너편

뭉개진 사내가 싱겁게 모두 흘러나갈 때까지
세면대에서 검은 물이 빠져나가는 소리를 귀 기울였다

우울이 환하게 켜지며 들어왔다 나간 가벼운 경련
검은 오줌 소리 가벼운 한숨과 노동을 벗은 사내의 몸

창문이 없는 그래서 과장된 물 내리는 소리
갑자기 어딘가 조금 막힌 게 틀림없어 보였다

고양이 아홉 목숨 같은
사내가 고요해지고 나서 우울이 아주 캄캄해졌다

아주 사라지는 건 없지

나는 내가 누군지 모른다
어쩌면 강아지라고 말하는 쪽이 옳다

다음 우울이 갑자기 벌컥 켜질 때까지
문고리처럼 환하게 엎드려 너를 자꾸 참아보는 것

시사회

세상은 커다란 단창 하나
그걸 벗어나는데 일생이 걸리지요

지난밤엔 그 창에 눈이 내렸어요
내리며 길 위에서 바로 녹았어요

검은 나뭇가지들이 젖어 빛나네요

젖은 길을 따라 조금 걸으면
불 꺼진 집들을 지나치게 되는데
모두 길에 매달려 있어요

길에 열중한 까닭을 알 것 같아요

"만둣국이 맛있는 집을 알아요."
"우리 언제 같이 먹으러 가요!"

그래요
모두 "언제" 때문이지요

"같이"란 말에 눈물이 돌 것 같아
나는 지금 "언제"로 가는 중이에요

발이 좀 젖는 건
길이 나 있어서 그래도 괜찮았어요

아직 어둠이 가시지 않은 큰 창으로
사람이 하나 걸어가네요

길거리 가수 김주원

발인 일이 없는
잠깐 알던 사람의 부고가 돌았다

나는 그보다도 더
조용히 잊힐 것이 분명하다

우리가 아는 그의 이름은
기억해야 할 그가 아닐지도 모른다

당신은 괜찮은가

어딘지 좀 쓸쓸해 보이던 사내가
자기 이름을 벗어버렸다

가만 누워만 있으면 벗겨지는 굴레

가만히 누워만 있으면 저절로

그 겨울의 크리스마스 다음 날
이름만 알려준 사내 하나가 죽었다

죽었다는 말로는 설명이 되지 않는
길 위를 떠돌다 자기 발인을 까먹은
藝人

"에이, 그만 일어나슈!"

사람이 줄었을까
흐린 아침 바깥을 내다보고 앉았다

둥둥

탁자 위엔 물이 가득 담긴 머그잔이 있고, 그 물이 조금 흘렀다

누가 그랬지
누가 넘친 거지
이런 망할, 가득이 언제나 말썽이야
그리웠다는 말로 가득 찬 편지글 따위

컵에서 흐른 물을 손가락으로 문질러 말을 그리고 싶었을 것이다
문자가 있지 않으냐고 그가 말했지만, 살에 닿은 햇살이 가려웠다

유리창을 밀고 들어온 조각보 같은 햇살이 탁자 위에 엎드렸다

살아 있다는 반감으로, 되고 말고 아무 말이고 지껄이고 싶었다

마블링, 우연을 놓치지 않고 사랑하는 건 무척 아름다운

수고다
　은은히 퍼지는 갓 내린 커피 향 같은 것
　어쩌면 한 잔, 독한 고량주의 향긋한 살내였을지도 모른다

　바이칼의 여름을 아신다구요
　나는 아직 그 소녀를 보지 못했군요
　사실, 나는 아무도 만나고 싶지 않았어요
　모두 순식간에 지나가더군요
　아, 담배를 끊었군요
　집배원이 마을서 먼 들길에 혼자 서서 담배 피우는 걸 보
았거든요
　마을의 먼 지붕들 위로 흰 구름이 둥둥 떠다니고 있었어요
　집은, 화장실을 하나 곁에 들이기 위해 짓기 시작했던 게
맞아요
　둥둥, 그래요

　그때, 좁은 창문으로 묵직한 바깥이 왈칵 쏟아져 들이쳤다
　바람이 조금 불었던 것 같았는데 나무들이 허우적거리기
시작했다

아닌 척했지만, 우리 중 누구도 발을 닿은 적이 없었던 거다. 둥둥

사람을 묻다

신발을 벗으며 사람의 끝을 생각했다

언젠가 마지막으로 신을 벗으며
이제 다신 네게로 돌아가지 못하리란

걸음의 꽃 다짐을
예전 우체국 지붕 색깔로 떠올리는데

붉은

발을 신발에 물들이고 있었던 것이다

신이, 껑충걸음으로 발을 따라다녔다

아이

안 돌아오실 줄 알지만 기다리기는 해요

너끈한 슬픔

아내는, 교인 친선모임에 가고
나는 돌아오지 않은 집

돌아가고 있었을

발자국 하나 남지 않은
마당으로 종일 눈이 철떡거렸다

동냥 바가지

새 한 마리가 나무에서 나무 사이를 건너가자
이음줄이 하나 생겼다, 사라졌다

이음줄이 생겼다 사라지는 사이
나무를 건너간 새가, 국수 올 같은 이음줄을
호로록 마셔버리는 것을 보았다

저 건너온 길을 마저 먹어치우고, 새가 운다
호로록 호로록, 흐르레기 목이버섯처럼 운다

돌아갈 길이 보이지 않아 자꾸 운다

무서워, 문 뒤로 숨죽이고 숨던 나 어릴 적에
마을로 동냥 오던 문둥이가 저렇게 울었을까

온 길을 잘라먹은 사람들이 운다

끊어진 손가락 마디 하나 저승에 먼저 보내고
돌아갈 길이 하나도 보이지 않아 앉아서 운다

다 묻었으면 어서 일어나 어디고 가보려무나

나뭇가지에 제 울음 부리를 문질러 닦던 새가
출렁거리다 철썩, 다른 나무로 물결쳐 갔다

흔적

겨우내, 눈이 거의 내리지 않았다
그래서 눈사람도 다녀가지 못했다
대신 겨울비가 한번씩 내렸으므로
먼발치로 다녀가는 소리만 들렸다

한계령쯤에서 눈빛 나른해지다
눈으로 바뀌고 있었을지도 모른다

결국 사라지고 말 눈사람을
겨울만 되면
왜 기다리게 되는지 알 수 없었다

새벽으로 가끔
색깔 어두운 외투를 입은 사람들이
입김을 하얗게 쏟으며 지나갔지만
기다리는 사람이 아니다

겨울이 마지막 가는지
입춘 날인 간밤엔 눈바람이 불었다

바람에 지는 벚꽃잎 날리듯 하더니
번한 데 눈은 모두 쓸어가 버리고
드문드문한 데 눈 얼룩만 남았다

쓸려가지 않은 눈 위로 늘어선
수상한 발자국 몇을 암호로 남겼다

밤새, 마음에 도둑이 들었던 건지

도둑눈, 도둑고양이, 도둑발자국
그리운 건 어째 죄다 그 모양인지

어둑한 마당을 서성이다 돌아갔을
귀를 열고 자며도 모르게 다녀갔다

실족

여러 해 전 겨울
비계 작업을 하던 인부가 추락했다

꽤 알던 형이 죽었다

집 앞 학교 체육관 보수작업이
겨울 공사가 이틀째 이어지고 있다

가끔 들리는 땅울림이 불편하다
찌르르하고 등줄기를 일으켜 세운다

연일 내다보아도 별일은 없다

인부들이 허공에 발판을 매고 있다
거미처럼 악착스러운 길을 놓는다

쿵
내 속에서 실족하는 소리가 들렸다

죽음이 금지된 지 여러 달 지났다

벌이가 생기는 일은 좀해선 드물다

망치질 한번씩으로 허공을 조이는
오늘 저들의 생은 다소 안전하다

여기서도

언젠가, 나도 한번은 허공을 매다
안전하게 죽을 수 있을 것 같았다

제제에게

우리 집에는 손가락만 한 하늘색 공룡 하나가 산다
얘는, 더는 자라지 않는 엄지 공룡이 맞다
주인 아이가 이름을 가르쳐주지 않은 채 두고 갔으니
그냥 "얘!"라고 부른다
주인 아이가 떠나고 없는 심심한 시간을 잘도 견딘다
벌써 두 해째 그 자리에 그대로 있다
봄이나 가을 햇살을 눈부셔 하다 하품을 하기도 하는데
아무도 모른다
가끔 지나가다 손가락으로 톡 건들기라도 할라치면
옆으로 픽 쓰러지며 숨을 거둔 체하는데, 다 뻥이다
다음 어느 날 보면 어느새 일어서 있으니 말이다

어제는 나도 심심해서 말동무나 하자고 말을 걸었는데

"얘! 너는 어째서 두 해째 조금도 자라지 않지?"

주인 아이가 돌아오면 알아보지 못할까 보아 그렇단다

참 그리운 난쟁이 그리움이다

제제가 우리 집에 놀러오면 이 이야기를 들려줘야겠다
이름도 새로 함께 붙여주고, "작은 제제"라고 할까

꿈꾸는 겨울밤

잠든 밤 무쇠 난로 속에서
불데미 무너지는 소리가 와그르르 났다

무너진, 벌건 숯 장작들이
갑자기 떠오른 생각처럼 다시 타올랐다

반짝

작은 불똥이 하나, 밖으로 튀어나오더니
어둑하던 잠에다 불을 확 그어 당겼다

불똥이 까맣게 죽자
꿈 안이, 등잔 둘레만큼 번해졌다

둥그스름하고 흐린 빛 울타리 안으로
잘 모르겠는, 수굿한 사람들이 지나갔다
어른어른 지나다녔다

한 지점이 밝아지더니 당신이 거기 있다
그러고 이내 가뭇없이 사라졌다

당신이 사라진 어둠이 두꺼워
아무리 불러도 당신은 들을 수 없다

우리가 꿈 안이었는지 밖이었는지, 오래
알 수가 없어 서러웠다

장작불 꺼지는 소리가 밤새 사그락거렸다

우수雨水

구멍 같은 사람들이 둘러앉았습니다

헤아려도 열셋입니다

사내 하나가 대금을 불기 시작합니다
손가락으로 바람을 부립니다

구멍들이 열리고 닫힐 때마다
열두 폭 치마끈 풀리는 소리가 저렇겠다
귓속이 쫀득해지는 중이었는데

사내 하나가 바람벽 앞에 일어섭니다
사내에게서 바람 풀리는 소리가 납니다

바람벽에 바람의 한시漢詩를 씁니다

이 밤, 바람이 불어
아무도 떠나지 못하게 하시라

치마폭에 시 한 수 받아줄 정인에게였을

결구, 一竹香

열셋 얼음구멍에서
어떤 구멍은 무던히 닫혀 있고
어떤 구멍은 열리면서
결구에 일제히 바람 소리가 하나되는 겁니다

저마다의 바람길로 나부껴 달아나는 겁니다
사람들이 뿔뿔이 새 나갑니다, 나도
그때 아마 정인 하날 생각하고 있었을 겁니다

춘궁, 그 눈부신 봄

아직 추운 이른 봄 아침
참새 몸매가 둥글다

깃털을 부풀려
헤비다운을 못 벗는 것

여름 참새가 날씬한 건 여름이기 때문

이젠 내게도 두 계절 이름밖엔 안 남아
국군의 날 내복을 입으면
어린이날에야 벗는 것
계절 이름이 더 줄어들고 있어서
끝내 한 계절만 남아 달랑거리다 말겠지

몸을 잔뜩 웅크리고 내다보는 바깥 봄

환한 봄날

3부

명랑 1

바람이 분다
자전거를 타고 달리다가, 날아올랐다

우와아

찰리 채플린의 생애와
신천옹의 동체착륙을 생각했다

"인생은 멀리서 보면 희극이지만 가까이서 보면 비극이다."

애써 외면하듯 웃는 입마다
주먹밥을 들이밀고 싶었지만
그 일로 아무 일도 일어나지 않았다

바로 앞선 생에 턱이 좀 있었을 뿐
사람들에게선 좀 먼 데였을 것

백주 신샘밭로에서 앨버트로스 랜딩

명랑 2

사람들의 집이 눈을 감으면
지붕도 납작 신작로가 되는
길고양이들의 시간이 열립니다

지붕 위의 고양이들

강중거리다 튀어 오르거나
살무시 비틀리며 소리치는 비명
넘어지거나 왈칵 무너지는 소리

누더기 진 몸을 물물 교환하는
발랄 무쌍한
구김살 많은 꿈들의 벼룩시장

사소한 소란에 눈 감지 못하는
달뜬 짐승의 눈알 같은 저것들

자려고 눈을 감으면

소리 정화 교환 필터를 지나

감실거리다 지긋해지는
길잠 위 환청들이 눈을 뜹니다

명랑 3

저녁 노을빛이 흐리면
짱돌 같은 시집 두어 권 옆구리에 끼고
중앙시장 뒷골목에나 나가볼까

옛날, 숱하게 많던 이모들도 불러내고
불귀의 술친구들도 서넛 불러내 볼까

골목만 흐리게 남아 떠돌던
컴컴하던 골목에도 곧 불이 들어오겠지

"이모, 우리 멀국 좀 줘요."

삶은 돼지내장이 제법 첨벙거리는
강도 같은 술국이나 아끼며 먹어볼까

헛것들이 춤을 추며 돌아가겠지
이윽고 첫눈이 내리면, 발 시려 울겠지

도깨비 걸음으로 뿔뿔이 흩어질 때쯤
잡힐 만한 건 옆집들에 모두 잡혔으니

옆구리 끼고 있던 시집이나 내밀고

"이모, 낼 찾으러 올게요."

그러고 한 열흘,
그 근처엔 얼씬도 하지 않겠지

밤이면 골목 어귀에서 혼자 컴컴해지는

늦은 노을빛이나 찾으러
시집 뒤 권 옆구리 끼고, 어슬렁어슬렁
중앙시장 옛, 순대 골목에나 나가볼까

명랑 사

나는 죽었다

어디선가 날마다
내 이름 앞으로
부고가 도착하고
청첩장들이 도착하고
각종 고지서가 도착하고

속속 도착倒錯한다

못 알아듣는

미쳐 죽는다

명랑 5

내 작업실 화장실 슬리퍼 코는 강아지처럼
항상
문 쪽을 향해 엎드려 발을 기다리고 있다

변기 뚜껑은 항상 닫혀 있다거나

그런 언젠가부터
새벽에 들어오면 변기 뚜껑이 열려 있거나
슬리퍼가 샐쭉 돌아 엎드려 있다

이승 가장 가까운 전생에서
누군가, 나를 기다리다 지치고 있었나 보다

명랑 6

빨강 셔츠 위에
빨강 재킷을 입으셨군요

빨강 바지도

나도 가끔 그래요

명랑 7

"이봐요, 형씨!"

막차라는 말에 무작정 시내버스를 탔다

속도를 올린 버스가 시내를 벗어나고 있다
버스가 울컥거릴 때마다 사람들이 비었다

이번 정거장은 "끝말"
다음 정거장은 "공원묘지"

버스의 안내문이 거짓말처럼 사라지자
사내의 요의가 팽팽하게 부풀어올랐다

"비석거리 어디쯤에서 내리랬는데."

안개에 흥건히 젖은 사내 하나가 앉아
흩어진 제 살점들을 주섬주섬 모아 꿰매는
외가로등 아래 비석거리

간밤에 막차를 탄 사람은 아무도 없었다

사람이 빈다

명랑 8

어디를 둘러보아도 겨울

건넛산 그림자를
저녁 일찍 끌어 덮는 산골

귀먹는다

우히히, 절벽이 되었다

짐승 울던 건 모르는 일

명랑 9

사랑은 본래 있었으나
그로부터 전쟁이 시작되었다

명랑 10

이질감으로 동질감을 회복하고 있던
잠시 쓸쓸하고 평화로운 개와 늑대의 시간

이웃의 덩치 큰 개가 다가와 나를 살폈다

나는 그 눈을 무시할 것이다

순해 보이는 눈빛 뒤에 숨은 포악한 야성을
서로 잠깐 슬퍼했다

나는 가만히 서서 딴 델 바라보고 있었고
개는 가만히 옆에 엎드려 생각에 잠겼다

서로 알 것 같은 슬픔을 몰아내고 있었다

개의 기억을 따라가다 보면
이웃 여자의 입술을 물어뜯은 기록이 있다

나쁜 기억은 빨리 몰아내 버리는 게 좋다
이제 서로 용서할 시간이 됐다는 걸 알았다

나는 온 길을 되돌아 천천히 걷기 시작하고
덩치 큰 개도 벌떡 일어나 제 길을 갔다

거리 풍경이 곧 어두워지기 시작할 것이다

명랑 11

우리 죽어요
그 말, 한마디에 꽃이 벙글었다
함께 죽자구요
이 말에, 꽃나무들이 빵 터졌다

즐거운 말들이 칭얼거리는 종일

명랑 12

흰 어미 고양이가 어린 새끼 둘을 데리고
재빠르게 마당을 건너간다

이 겨울 초입엔 다섯인가 여섯이었다

옆집 참새가 깃털을 잔뜩 부풀린 걸 보니
오늘은 춥겠다

명랑 13

새는 빠르게 날아와 어쩌면 그렇게
가볍게 땅으로 내려서는지

언젠가부터 사람들이 높은 데로 올라가기 시작했다
그리고 한번 올라간 이들은 좀해 내려오지 못했다

거기에다 까치집을 지었다
어떻게든 살아지더라는 말을 믿고 싶었을 것이다

그 무렵 등산복 가격이 천정부지로 치솟았다
오르는 것을 막기 위해 그랬을 거란 소문이 돌았다

죄 날개를 하나씩 달아주고 싶었다

사람들이 우는 법을 까먹었다
사실, 그걸 잘 아는 사람이 아무도 없었다

땅바닥에선 울지 못하는 사람들이 삼삼오오 모여
울음소리를 보여주기 위해 제 가슴을 쥐어뜯었지만
아무 소리도 들리지 않았다
당황한 사람들을 위한 긴급회의가 소집되었다

몇이 모여, 까치 울음소리가 문제라는 결론을 내렸다
솎아내는 것으로 곧 해결될 기미를 보였다

포수들이 고용되고부터 빈 까치집들이 늘었다
달밤이면 구멍 숭숭한 그것들이 더 잘 드러나 보였다
슬픈 가시성이 사람들을 다시 불러모았다

슬픈 사람들은 여전히 높은 곳을 선호했다

골목마다 짝퉁 등산복을 파는 가게들이 늘었다
알랑거리길 즐기는 사람들이 늘었기 때문이라고 했다
그들이 앞장서서 땅에다 집을 지어 보였다

얼마나 안전한지 보여주려고 도도새 흉내를 내보였다
멸종을 보여주고 있었다

울 생각이 별로 들지 않는 나는 여전히 비겁했는데
비겁에 대해서도 용감하지 못해
사람들에게 죄다 날개를 하나씩 매달아주고 싶었다

방향을 알 수 없는 욕을 아무 데고 뱉었다

명랑 14

수만 갈래의 바람이 지나가는 하늘을 바라봅니다

살랑거리다
뒤뚝거리다
나무 끄덩이를 당겨보다
세상의 틈마다 들여다보며 말참견하다 토라진 듯
지금은 새들까지 몰아
회색빛 하늘이 통째로 어디로 몰려가고 있습니다

수만 개의 가루눈이 칭얼거리는 하늘입니다

집과 나는
바람에 쓸려가지 않으려고 문에 매달려 있습니다

바깥 일요일을 내다보는 잠시, 거기엔
사람 하나 다니지 않는 길이 맥없이 풀어져 있고
택시 하나가 방금 바람의 방향으로 날려갔습니다

여기를 놓치고 지나친 것이라고 믿기 시작합니다

늘 그랬듯이 마지막 바람까지 기다리기로 합니다

누가 오고 있을지 모릅니다

도서관 건물도 창문에 힘겹게 매달려 기다립니다
집과 나는
바람에 쓸려가지 않으려고 문에 매달려 있습니다

명랑 15

겨울이 제일로 된 고개라
한 스무 고개만 더 넘어보자고 한 작년부터
그러니 열아홉 고개 남은 턱

스무 고개라니 스무고개 수수께끼 놀이 같아
얼른 알아버리면 왠지 서운할 것 같은 무슨

우수를 이틀 앞둔 오늘은 꽃샘바람이 차다
그래도 봄은 봄이겠지 싶어

올해는 냉이꽃 피면 아내랑 놀러가자 해야지
가차운 들판 아무 데고 나가선
옮겨 딛는 걸음마다
하얗게 지천으로 피어 흔들려 보자고 해야지

꼼꼼하게 살 줄만 아는 아내에게
주춤거리겠지만
들판을 마구 바람처럼 어질러보자 해야겠다

함부로 마구 살아보자고 꼬드겨 보아야겠다

나이는 거꾸로 먹는 게 맞다고
올해는 열아홉 청춘만 살면, 다 가는 거라고
내년이면 열여덟
그렇게, 영으로 되돌아가면 되는 길이었다고

봄 하나, 같이 건너야겠다

명랑 16

창문을 가볍게 두드리는 소리에 고개를 드니
바람에 덩실거리는 눈송이들이 날아와
같이 춤추자네요

나오라네요

명랑 17

폭설

저 거침없이 몰려드는 흰 이리떼
어디로 가야 할지 길을 까먹었어요

명랑 18

흐려 보이는 글자들이 당연해 보이는
본래 그랬던 것처럼 익숙해졌습니다

귀가 순해지더니, 눈도 뒤따라갑니다
착해졌다고 씁니다

착해지려는 글자들이
팔길이 한계 밖으로 뒷걸음을 하더니
이제는 숫제 가물거려 보입니다

내가 착해지는 줄 알았더니
세상이 착해졌습니다

글자들이 모두 웃는 얼굴로 보입니다
웃는 글자들

불편을 호소하던 사람들이
사라졌습니다

아름다운 문맹입니다
처음이던, 영으로 돌아가고 있습니다

명랑 20

늑대거미
검은 사내 하나가, 길을 잘못 들었다

왕청스러웠을 것이다
가만히 엎드려 있다

그 더러웠을 기분을 이해한다

하하하하하하하하하하히이 생이 그래

4부

명랑 21

오늘은 이월이
마지막으로 가는 날이요

간 저녁에는
비가, 조금 뿌리다 말았소

삼월에 눈이 내리거든
내가 보고 싶은 줄 아시오

말로는 못 하는 줄 아시오

삼월에도
더러, 눈이 오기는 합디다

그런 해마다

부어오르는 꽃망울 위에
눈만 내리다 맙디다

하염없이, 퍼붓다 맙디다

명랑 22

2020년 봄

벼르던 아내가, 아침 7시 40분에 우체국에 데려다 달라고
했다
벌써, 우체국 가는 좁은 골목길은 마스크를 사려는 사람들
로 교통 마비 상태다

아내가 차에서 내려, 뛰기 시작했다
그만두자고 했지만, 막무가내다
그래야 살 것 같았나 보다

아내에게 전화를 걸었다

"살 수 있겠어?"
제법 밝은 목소리로 대답을 했다
"75번이야, 85번까지는 살 수 있대."
"어, 그래……?"

그럼 86번부터는 오늘 죽겠군
어쨌든, 오전 11시가 지나면 아내는 살 수 있을 것이다

명랑 23

지난봄, 꽃을 거른 벚나무 꼭대기서
까마귀 한 마리가 킬킬거리다 날아갔다

그게 언제부터였는지
아내의 서랍에서도 꽃받침이 사라졌다

봉당 빗자루 같은
꽃나무들이 어지럼증을 호소하는 봄날

햇살 느지막이 킬킬킬
고기라도 한칼 끊으러 다녀와야겠다

명랑 24

봄이었다
봄밤이었다

사랑해서
사랑하니
사랑했다

그게 어디서 오는지
그건 아무도 몰랐다

좀 있다 걷자 했지만
함께 걷지는 못했다

옛날이었다

옛날이어서
돌아갈 수 없는
지난 이야기만 했다

눈으로 안아주고 떠났다

사랑해서
사랑하니
사랑했다

그게 어디서 오는지
그건 아무도 몰랐다

호주머니 속 명랑

풍선 같은 슬픔을 사랑했다
공기보다 가벼워 쉽게 터지는 울음을 한번에 울고 버리
고 싶었다

모든 약속은 취소되고
갑자기 폭우가 쏟아지기 시작한 일요일 아침을 사랑했다

힘껏 울어도 아무도 뭐라고 말하지 않던 정말 괜찮은 날
그 뒤로 다시는 돌아갈 수 없었던 엄마나 아버지 형들을
사랑했다

죽은 나비나 기어다니는 잠자리, 무언가 바닥에 길게 끌
리는 소리
그런 호주머니 속 슬픔 잡동사니들을 유독 사랑했다

내가 써놓은 글자들을 멀리 떨어져 서서 바라보다 이것
은 도무지
알아볼 수 없는 슬픔이라 썼다

슬픔을 사랑하게 된 건 순전히

눈물자국 얼룩이 남은 네 노트 갈피에서 발견한, "바부탱이 시키"

미처 고백하지 못한 말들이 있었다는 걸 안 뒤로부터였을 것이다

풍선 속에 갇혀서 잔뜩 부풀어 오른 슬픔은 하나같이 명랑해졌다
사랑하기 맞춤한 것들이었다

명랑 25

보름달
작은 달무리가 선, 새벽달이 떴다

누가 어두워 지나갈지 모른다

동그란 빛무리를 두른 가로등이
다소곳이 발치를 내려보고 섰다

현관문을 걸어 잠글 때마다
혼잣말로 확인하는 버릇이 생겼다
"걸었다."
그러고 계단을 내려오다 꼭
되잡아 올라가 다시 확인한다

전에 알던 사람을 길에서 봤는데
이름이 금세 기억나지 않았다

애인의 이름도 까먹으면
그러면 어떡하지 싶었을 것이다

무지 보고 싶었다는 말을 에둘러
못 본 날만큼 술잔을 부딪쳤는데
다음날 안구 동통을 호소했다

막냇동생의 불량서클은 왕거미파
두목도 없는 조직원은 딱 둘이었다
그 조직원의 어머니가 돌아가셨다
다음 주말에나 보자고 전화가 왔다

비정상인 사람들이 모였다고
점심이나 같이 먹자고 전갈이 왔다

그렇다고 전갈全蠍을 보내다니

아내도 없는 빈집을 쇠때 채우고
자전거를 타고 나섰다

바큇살에 매달려 차르륵거리는 저
꼬리를 바짝 쳐들고 달려드는 저것

독 오르는 봄 햇살을 가르며 피하다
건물 그늘에 숨어 겨우 살아남았다

간밤의 숙취를 숨기고
반주 잔은, 아닌 척하고 사양했다

명랑 26

안개가 짙은 새벽 멀리서
메마르게 웃는, 개 짖는 소리를 들었다

안개에 가로막힌
제 그림자를 물어뜯고 있었을 것이다

발이 묶인 모두, 적적해서 그랬을 테지

끈끈이에 붙어 제 발을 물어뜯은 쥐를 보고 난 뒤로
다시는 쥐 끈끈이를 놓지 않게 되었다

걸음을 옮길 때마다 한쪽으로 크게 기우는
웃는 눈이 아름다운 사람을 생각했다

한쪽 발이 더 깊게 걸어가는 세상
기웃이 보일 유쾌한 가로 풍경을 나도 보고 싶었다

걸을 때마다
흔들리는 머리를 바로 세우려고 애쓰지 않아도 된다
그 말을 해주고 싶었다

명랑 27

지금, 밖에는
봄비가 내려요

오늘, 내가 집에도 없고
전화도 받지 않으면

꽃다지들 더불어
비 받으러 간 줄 아서요

오늘, 못 돌아오더라도
그런 줄 아서요

4월

산벚꽃이 피려, 산을 오르는 비알이었는데요

싸움이 났네요

벚나무 한 그루가
깜깜한 나무들 틈에서 맹렬히 싸우고 있어요

자리다툼인 것 같아요

좀 아래선, 팔짱을 낀 꽃나무들이 모여 서서
"하하하!" 쌈 구경 재미가 젤로 그만이래요

명랑 28

강둑길을 오래 걸었다

하늘이 새파랗게 맑았다
바람이 물결을 일으켜 세웠다

일어선 물비늘마다 다투어 반짝거렸다
손을 흔들어 보였다

나도 손을 마구 흔들어주고 싶었다

손을 마주 흔들어 보여주고 싶었으나
다가가면 빛이 사라지는 사금파리처럼
정작 어디에다 손을 흔들어야 할지 몰랐다

생은 반짝 빛나다 사라지는 마술
그러한 잠시
누가 오기도 하고 가기도 했던 것
빛나던 사람들이 사라졌다
만질 수 없는 것들을 오래 사랑했다

사람들 어디에 손을 흔들어주어야 했을까

하늘빛이 유난히 맑고 바람이 불면
물비늘처럼 일어서는 것들이 슬펐다

만질 수 없는 것들을 사랑했다

빛을 잃은 슬픔들이 모여 지내는 곳이
어딘가 따로 있다는 것을
강둑길을 따라 걷다 보면 그런 데가 보였다

R 씨

R은 종이 사람이다
얇은 한 장이다

젖으면 착 까부라졌다가도
마르면 등을 말고 일어서는

바람이 불면 걸어간다
넘어지다 펄럭 풀려나간다

누군가 밟고 간 자리가
등에 남았다

"주의"
"유리 조심"을 밟고 간 저

유리가 아니었으므로
"주의"를 읽고 갔을 것

유리는
R의 가족관계증명서이다

되었으므로
멈춰선 길에서

r은 돌아가야 하는 반지름
이제 돌아가면 된다

낮이 저녁으로 바뀌는 사이
바람이 집 쪽으로 바뀌었다

명랑 29

강풍주의보가 내렸다

새벽 두 시에 깼다

깨서 두 시간을 가만히 누워 있었다

만 개의 바람이 만개하기를 기다렸다

바람이 열리고
바람이 활짝 피어 쏟아져 나오고
바람이 잦아들 것이다

나도바람꽃이었나
가장 늦은 철에 피는 바람꽃을 생각했다
모르겠다

잠잠하다
4시 50분
첫 바람이었는지 잠깐 다녀갔다
다시 잠잠하다

빨간 경차가 굉음을 내며 달려 지나갔다
'심쿵'이라는 신조어를 떠올렸다
심정지라는 말과의 상관관계를 모르겠다
관계없을 거라는 결론을 내렸다

눈을 감게 되는 경우들을 생각했다
기도할 때
키스할 때
무섭거나 더러워 외면하고 싶을 때

죽을 때, 그건 아직 모르겠다

나에게, 가장 많이 눈을 감았던 것 같다

눈 떠

시만 쓰다 죽어야겠다

나

바람이 몹시 부는 날
푸른 바람벽에서 사내 하나가 자라기 시작했다

흰 이빨 같은 꽃잎들을 잃고
벚나무 붉은 꽃받침들이 잇몸을 앓는 오후였다

사내의 흐린 얼굴선처럼 새도 흐려 안 보이는
바람이 시푸렇게 센 날엔, 새들도 날지 않았다

바닥으로 굴러떨어진 사내의 머그잔이 깨졌다

그때 난 달로 올라가는 엘리베이터 안이었는데
2층에 멈추어 선 채 반나절을 빈둥대고 있었다
밖에 바람이 불고 있었으므로
쉴 새 없이 흔들리는 나뭇가지들을 바라보며
우주선 같은 엘리베이터 안에서 라면을 끓였다

2층 창문 밖 공중에
느티나무 한 그루가 홀로 오래 서 있는 것도
바람 부는 바깥을 느긋이 지루하게 바라보았다

잔잔한 날엔 새들이 날아와
그 유리창에 부딪혀 깨졌다

그러다 갑자기 떠오른 생각처럼
통째 끓인 라면이 끊어지지 않도록, 슬무시
한 올씩 세며, 조심스럽게 천천히 건져 먹었다

푸른 바람벽에 뿌리를 박는
망치질의 느릿한 박동을 일일이 세고 있었다

한 나라의 수도처럼
사내는 얼굴 한가운데 코로 대변되고 있었다

사내의 코는
깨진 머그잔에서 떨어져 나온 뒤집은 손잡이다
사내가, 꺾꽂이로도 뿌리내릴 수 있다는 것을
바람벽에서 처음으로 알았다
벽 사진틀 뒤에서 번성하는 곰팡이의 팡이실이
모두, 사내 모세혈관의 이상증식이었다는 것도

사진틀 하나를 내리고 거기에다 사내를 걸었다

그리고 그 밑에 '나'라고 조그맣게 써 붙이고
지독히 느린 걸음으로 계단을 걸어서 내려왔다

명랑 30

바깥은

백매의 꽃망울들이 버는
해쓱한 날빛이 고운 봄날이었다

꽃눈 부어오르다 터지는 곳을
그냥 아름다운 봄날이라고 썼다

바깥서 돌아온 시방
여기선, 네가 피고 있다고

그냥. 봄날이더라고만 쓴다

명랑 31

오후 햇살이 들이치는 창 앞에 앉아 눈을 감으면
바람 소리 하나 들리지 않는 봄 바다

나래를 단정하게 모은
노란 햇살을 두른 되새 한 마리가 누워 있다

그런 게지
작고 하얀 꽃잎처럼 하르르 지고 싶었던 거지

봄 하늘이 너무 고요한 가끔
새들이 공중에서 멈춰 조용히 수직으로 내린다

꽃잎 한 장이 바람도 없이 지는데
천둥소리 아우성치면 우리가 서러워 어찌 지내나

이제 꽃이 피기 시작인데
안 그러면, 이 봄을 어떻게 다 사나

내 몸에서도 가지를 놓친 꽃눈 하나
뜬금없이 몸통을 열고 나와 피고 주책일 텐데

봄마다 그렇던데

창밖은 온통 너르고 노란 고요의 바다
너무 조용해
공중서 갑자기 멈춘 새들이 모르게 내리고 있다

명랑 32

2020년 4월, 이건 내게 무슨 헛소리일까

공지천 뚝방길에 벚꽃이 한창이던데 바람이 피고 있었던
건지도 모르지
바람에 벚꽃이 피고 있었거나

벌어지는 걸 왜 핀다고 했을까

문틈이 피고 있었던 걸까
마른 송판이 갈라지며 피고 있었던 걸까
잠자는 사이, 입으로 우리가 피고 있었던 걸까
가만히 무릎 열리던 당신이 얼굴 살며시 붉으며 내게 피
고 있었던 걸까

목련은 피기만 하고 지는 걱정은 단 한번도 안 해본 걸까
벚꽃은 생때같이 지려고
바람 끝에 매달려 파르르 떨다 탕진한 생을 깨닫고 훅 날
려버렸던 걸까

공지천 뚝방길에는 날마다 오후가 되면 바람이 분다

이건 대체 내게 무슨 감언이설이었던 귓속말 그 헛소리였던 것이었을까

그저 너도나도 벙글며 벌어지며 모두 어쩌지 못해 피고 있었던 거겠지

젊은 애들 한 쌍이 길을 피해 천변에 숨어들어 벚꽃처럼 앉아 있었는데
거긴 금지였지, 아마 분명히 그랬을 거야
거기가 하필 하수처리장에서 퇴수가 흘러나가는 퇴수로 바로 옆이었거든
아무렇거나, 서로 피던 중이었을 거로 생각은 하지

지는 건, 그딴 걸 나는 지금도 모르겠어

가방을 든 노인과 나

작은 바퀴가 달린 가방을 끌고
작은 노인, 한 사람이 걸어왔다

마음 세간을 전부 싸 들고
길을 나섰을 것이다

바람이 헤쳐 놓은
죽은 앨버트로스의 내장
그 가방 속
알록달록한 플라스틱 잡동사니들

노인과 가방
몸피가 같은 둘이
새벽 강둑길을 걸어간다

아등바등 서로 끌려가고 있다

안녕할 리가 없다

"안녕하세요?"

이미 마른 잎사귀처럼 우긋한
오그라든
곧 부스러질 것 같은
버석거리는 그의 웃음을 보았다

노인이 끝나고 있다

내가 지나쳐온 길
저쪽에선 목련이 지고 있더라고

목련이 지고 있다고 말하려는데
숨이 막혔다

명랑 33

나는, 아무도 없다

옛날에
나는 조금 착한 소년이었을 거다

빈집을 지키며 노는 일이 좋았다
어머니와 형들의 집이었으니까

아버지는 늘 타관에 계셨다

하루는
툇마루에 앉아 겨운 졸음을 참고
잠을 바라며 앉았었던 것 같다

마루 위에 햇살이 자꾸 내려앉아
눈꺼풀 무거워지는 낮이었다

누가, 잠깐 들렀다 간 것 같은데
말소리만 어슴푸레하게 남았다

"아무도 없네."

실눈을 뜨고 봐도 아무도 없었다

그 뒤로부터 아주 오래
나는, '아무도'를 앓았을 것이다

나는 아무도 없었다

집과 길, '사이'의 시학

백인덕 / 시인

1.

집을 나서면 어떻게든 길이 시작되지만 모든 길의 끝에서 반드시 집에 닿게 된다고는 확언할 수 없다. 이 배리背理가 시인들의 존재론 기획의 기초가 되곤 했다. 주지의 사실이지만, 집은 전통 상징에서 인격을 표상한다. 집의 외형은 인격의 성숙을 표지하고, 집이 사실은 사물들의 집합체라는 점에서 삶의 다양성을 그대로 함축한다고 보기도 한다.

하이데거는 존재의 거소居所로서 집을 말한 바 있는데, 여기서 집은 장소가 아니라 일종의 '아토포스atopos'로 형성할 수는 있지만 머물 수 없는, 즉 시인의 경우 '말(언어)' 그 자체를 의미한다. 따라서 어떤 기획에서는 집이나 길을 결코 목적이나 과정으로 환원할 수 없고, 오히려 그 '사이', 즉 언어가 표현하면서 불가피하게 가릴 수밖에 없었던 여백이나 이면裏面의 울림 그 자체에 주목해야 한다.

들팽이가 되는 것

상처받으며
금지된 말씀을 깨닫는 것

그것을 늘려가는 것
그리고 잊지 않는 것

그리하여
완전히 침묵하게 되는 것

오직
집으로만 가는 길 보퉁이

고요한
명주달팽이 길굿

　　　　　　　　　　　　　　　　—「행각승」전문

　유기택 시인은 자연의 한 '행각승'을 맨 먼저 보여준다. 집을 이고 길을 가는 '명주달팽이'를 통해 그의 외형이 '들팽이' 같다고, 아니 차라리 '들팽이가 되는 것'이라고 묘사가 아니고 진술한다. 비약하자면 집은 회전해야만 중심이 잡히는, 또는 중심을 잡을 수 있는 그런 곳이다, 반면 그의 길은 "상처"를 통해 '금지된 말씀'을 깨닫는 수행, 구도로써 "그것을 늘려가는 것(미래)"과 "그리고 잊지 않는(과거)" 자세를 통해 '완전한 침묵'을 지향한다. 완전한 침묵의 의미를 미리 예단할 필요는 없다. 그것이 시인의 집의 최종 심급인지 모든 길의 결정結晶 상태인지는 이번 시집, 아니 시인의 시작 활동 전체에 걸쳐 드러날 것이기 때문이다.

> 선캄브리아기에 시인이 하나 살았다
> 세상은 하나의 대륙이었고 섬이었다
>
> 그 섬에다 집을 지었다
>
> 집 뒤란을 조금 돌아 내려가면
> 날마다 표정을 바꾸는 늙은 바다가
> 감실거렸다
>
> ─「시인의 집에서는」 부분

시인은 무릇 회상보다 상상에서 더 큰 활력을 얻는 존재다. 앞의 작품, 「시인의 집에서는」은 그런 '일이 있었을지도 모른다'는 현실 바람이 아니라 그런 '일이 있었어야 한다'는 당위적 전제를 보여준다. 선캄브리아기나 판게아라는 시간적 거리에도 불구하고 하나의 대륙을 한 개 섬으로 인식하는 태도가 보여주는 원대함, 거기서 "소리가 안 나는 피아노/ 바다에서 떠밀려온 죽은 고래"를 느린 시간을 견디는 평온, 나아가 "주워온 새하얀 뼛조각들로/ 아내나 애인들의 반

128

들거리는 장신구를/ 며칠이고 밤을 새우며 만"드는 무용無用한 열정 등이 담겨 있다. 이는 바로 시인이 전형으로 생각하는 시인의 초상이다.

유기택 시인은 현대가 억압으로 부여하는 가속성과 성과주의를 철저하게 배격하는 시관詩觀을 숨기지 않는다.

아내는, 교인 친선모임에 가고
나는 돌아오지 않은 집

돌아가고 있었을

발자국 하나 남지 않은
마당으로 종일 눈이 철떡거렸다

—「너끈한 슬픔」 전문

시인에게 집은 비워두면 무언가 슬픈 일이 생길 것만 같은 소여所與의 장소다. 아내가 집을 비운 이유와 내가 바삐 서둘러 돌아가고 있음이 다 소명되지만, 이 작품은 눈이 마당에 찾아오는 순간, 그 순간을 지켜보는 이가 없었다는 것을 '슬픔'으로 표현한다. 사실, 그 집에는 '벽'이 없다. 우리는 벽이 없는 구조물을 상상하지 못한다. 분명히 여기와 저기를 가르고 구분하는 벽이 존재할 것이다. 하지만 시인은 그 '집'에서만큼은 '벽'을 생각하지 않는다.

시인에게 벽이란 "기대 울 데를 찾다/ 두 손바닥을 펼쳐 얼굴을 묻었다/ 벽에다 운"(「울음터」) 기억이 너무도 생생하기 때문일 것이다. 혹은 "화장실 벽에는 좀 크다 싶은 우울이 걸려 있"(「우울이라는 거울」)기 때문에, 즉 벽은 마주 서야만 하는 대상이기에 차라리 지워버린다. 대신에 '창'을 사랑한다. 「춘궁, 그 눈부신 봄」의 "몸을 잔뜩 웅크리고 내다보는 바깥 봄/ 환한 봄날"처럼 창밖은 늘 나무와 새와 꽃과 계절과 더불어 늘 돌아오지만 같지 않은 무엇인가를 선사하기 때문이다.

다시 말해, 시인의 집을 소여의 한 장場으로 정의해 결국 생과 존재의 연속성을 그대로 보여주려 한다. 따라서 "세상은 커다란 단창 하나/ 그걸 벗어나는데 일생이 걸리지요"(「시사회」)라는 담담한 진술은 그 이면에 더 복잡한 사정들을 함축한다.

2.

유기택 시인은 '슬픔과 명랑'을 양손에 쥐고 한 편씩 번갈아 내밀어 보여주거나 양손을 다 펼쳐 보여도 둘 다 사라지고 없는, 또는 불룩해진 호주머니 속에 무엇이 들었는지 헤아려보라는 듯 자유자재로 언어의 결을 바꿔 의미를 형상화한다.

사는 건 순전히 죗값이다

아버지며 어머니며 형들이며

남은 심지, 까맣게 타들어가다

맥없이 툭툭 부러지던 며칠을

나는

속마음을 먼저 놓았던 죗값이다

—「나는 코끼리다」 부분

　처절한 자기 고백으로 시작하는 이 작품은 역으로 슬픔
을 포장하지 않는다. 여기서 '죗값'은 이미 치러졌거나 앞으
로 계속 치러야 한다는 이중의 의미를 모두 포함한 것으로
보인다. 작품에서는 맥없이 부러지던 '남은 심지'로 비유되
고 말지만, 굳이 죗값을 유추해보자면 "나는 아무도 없었다"
(「명랑 33」)는 유년의 상실감에서 비롯했을 가능성이 크다.
생래적生來的이라고 하는 건 과장이 되고 말겠지만, "조금
착한 소년"이었던 시절을 "빈집을 지키며 노는 일이 좋았다/
어머니와 형들의 집이었으니까"라고 회상하는 것은 기질과
환경의 상호작용이라고 이해할 수밖에 없기 때문이다.

　어쨌든 지금의 시인은 1연의 자기 고백이 가능할 정도로
일종의 슬픔과 대면할 수 있는 정신적 지향점을 갖고 있다.
그것은 '나는 코끼리다'라는 환유가 가능한 것과 같은 이유
다. 작품에도 드러나듯, 시인은 이제 "세상 어딘가에 코끼리
무덤"이 있다는 것을 안다. 무덤이지만 죽으려고 가는 것이
아니라 "너무 환해/ 차라리 놓으라 한 반지빠른 속말을/ 희
미하게 웃던 그리움에/ 편히 사위고 가라 차마 못한 말을/

죄 탕감하며 본/ 이젠 누가/ 내게 거짓말을 하게 될지도 아는" 그때가 오면 찾아갈 곳이 있고, "자기 생의 기도처럼/ 머물다 떠나"도 "살아남은 것이 미안하지 않도록" 그 '코끼리 무덤'이 기도처가 되어줄 것이기 때문이다.

풍선 같은 슬픔을 사랑했다
공기보다 가벼워 쉽게 터지는 울음을 한번에 울고 버리고 싶었다

모든 약속은 취소되고
갑자기 폭우가 쏟아지기 시작한 일요일 아침을 사랑했다

힘껏 울어도 아무도 뭐라고 말하지 않던 정말 괜찮은 날
그 뒤로 다시는 돌아갈 수 없었던 엄마나 아버지 형들을 사랑했다

죽은 나비나 기어다니는 잠자리, 무언가 바닥에 길게 끌리는 소리
그런 호주머니 속 슬픔 잡동사니들을 유독 사랑했다

내가 써놓은 글자들을 멀리 떨어져 서서 바라보다 이것은 도무지
알아볼 수 없는 슬픔이라 썼다

슬픔을 사랑하게 된 건 순전히

눈물자국 얼룩이 남은 네 노트 갈피에서 발견한, "바부
탱이 시키"

미처 고백하지 못한 말들이 있었다는 걸 안 뒤로부터
였을 것이다

풍선 속에 갇혀서 잔뜩 부풀어 오른 슬픔은 하나같이
명랑해졌다
사랑하기 맞춤한 것들이었다

―「호주머니 속 명랑」전문

이번 시집의 표제작이다. "풍선 같은 슬픔을 사랑했다"는
선언적 진술에 이어 "공기보다 가벼워 쉽게 터지는 울음을
한번에 울고 버리고 싶었다"는 사랑의 이유가 뒤따른다. 표
면에 드러난 내용상으로는 엄마나 아버지, 형들에 대한 사
랑과 '미처 고백하지 못한 말'이 남은 너에 대한 회한으로 나
뉜다. 이 작품에는 물론 시인이 느끼는 고립감("모든 약속
은 취소되고/ 갑자기 폭우가 쏟아지기 시작한")이나 회복 불
가능성에서 비롯하는 단절감("순전히/ 눈물자국 얼룩이 남
은 네 노트 갈피에서 발견한")이 중요한 계기로 발견된다.
하지만 마지막 연, "풍선 속에 갇혀서 잔뜩 부풀어 오른 슬
픔은 하나같이 명랑해졌다/ 사랑하기 맞춤한 것들이었다"
는 결론에 주목해야 한다. '명랑해진 슬픔'은 결과라기보다

는 과정의 의미를 함축하고, '사랑하기 맞춤한 것'은 대상을 지칭하는 것이 아니라 시인의 방법론을 비유한 것이기 때문이다.

> 바깥은
>
> 백매의 꽃망울들이 버는
> 해쓱한 날빛이 고운 봄날이었다
>
> 꽃눈 부어오르다 터지는 곳을
> 그냥 아름다운 봄날이라고 썼다
>
> 바깥서 돌아온 시방
> 여기선, 네가 피고 있다고
>
> 그냥, 봄날이더라고만 쓴다
>
> ─「명랑 30」 전문

어떤 말은 전혀 상관없어 보이는 상황에서 문득 이해될 때가 있다. "풍선 속에 갇혀서 잔뜩 부풀어 오른 슬픔"을 「명랑」 시편 중에서 만난다. '바깥'과 '바깥에서 돌아온 시방' 사이에서 시인은 "꽃눈 부어오르다 터지는 곳을/ 그냥 아름다운 봄날이라고 썼다" 감각도 그게 사실이라 하고, 언어도 그게 사실이라고 한다. 재현 불가능성이나 표현의 한계 따위는 깡그리 지우고 '여기선', 즉 시인의 추억이든 시인의 마음이든 감각에 의해 부풀려진 슬픔을 "그냥, 봄날이더라"라고만 쓸 수밖에 없다. 마지막 연의 '그냥' 다음에 붙은 쉼표(,)는 회상의 내용을 풍선 안에 가두면서도 그것이 터져버리지 않도록 하는 중요한 장치다.

이렇게 또 맞이하는 '봄날'이야말로 한 채의 집과 하나의 길 '사이'에 아직도 자기를 정위定位하는 시인에게는 "사랑하기 맞춤한 것"이 아닐 수 없다. 이렇게 되기까지 시인은 "거침없이 나를 지나가는/ 맥없이 나를 통과해 바닥에 닿는 빗소리를/ 들었"(「순간에 대한 이해」)던 숱한 밤과 "막차라는 말에 무작정 시내버스를 탔"(「명랑 7」)던 치기와 "늦은 노을빛이나 찾으러/ 시집 둬 권 옆구리 끼고, 어슬렁어슬렁/ 중앙시장 옛, 순대 골목에나 나가볼까"(「명랑 3」) 망설이며 자신을 달래는 시간이 필요했을 것이다.

3.

유기택 시인의 '집'에서 꼭 필요한 구조적 요소는 '창'이다. 시인에게 '벽'은 "기대 울 데를 찾다/ 두 손바닥을 펼쳐 얼굴을 묻었"(「울음터」)던 독한 기억 때문에 단지 슬픔의 표지 이상이 되지 못한다. 반면에 '창'은 「둥둥」에서 보이는 것처럼 "조각보 같은 햇살"이 들어오기도 하고, "묵직한 바람이 왈칵 쏟아져 들이"치기도 하는 숨통이 된다. 시인에게 집은 아직도 열려 있는 공간이기보다는 자주 '쇠때'가 걸려 있지만

창을 통한 소통이 멈춘 것은 아니다.

　시인은 '길'보다는 '사이'에 대한 탁월한 감각과 이해를 보여준다. 사이는 물리적 거리가 아니고 따라서 시간적 차이를 의미하지도 않는다. 또한, 주체와 객체이거나 대상과 대상이라는 관계의 틀 속에 사물을 고정하려는 기술적 장치도 아니다.

　　새 한 마리가 나무에서 나무 사이를 건너가자
　　이음줄이 하나 생겼다, 사라졌다

　　이음줄이 생겼다 사라지는 사이
　　나무를 건너간 새가, 국수 올 같은 이음줄을
　　호로록 마셔버리는 것을 보았다

　　저 건너온 길을 마저 먹어치우고, 새가 운다
　　호로록 호로록, 흐르레기 목이버섯처럼 운다

　　돌아갈 길이 보이지 않아 자꾸 운다

　　무서워, 문 뒤로 숨죽이고 숨던 나 어릴 적에
　　마을로 동냥 오던 문둥이가 저렇게 울었을까

　　온 길을 잘라먹은 사람들이 운다

　　끊어진 손가락 마디 하나 저승에 먼저 보내고

돌아갈 길이 하나도 보이지 않아 앉아서 운다

다 물었으면 어서 일어나 어디고 가보려무나

나뭇가지에 제 울음 부리를 문질러 닦던 새가
출렁거리다 철썩, 다른 나무로 물결쳐 갔다
　　　　　　　　　　　　　　　—「동냥 바가지」전문

　새 한 마리가 "나무에서 나무 사이"를 건너가고, "철썩, 다
른 나무로 물결쳐"가는 '사이'에 시인은 "이음줄이 하나 생겼
다, 사라"지는 형상만 보는 것이 아니라, 유년의 "마을로 동
냥 오던 문둥이"를 떠올리고(물론 감각적으로는 '호로록'이
라는 청각이 매개지만) 거기서 "온 길을 잘라먹은 사람들이"
우는 울음소리를 듣는다. 이 '이음줄'이 있기에 시인은 「길거
리 가수 김주원」과 「실족」한 한 인부를 시라는 언어로 불러
낼 수 있다.
　나아가, "사람들이 우는 법을 까먹었다/ 사실, 그걸 잘 아
는 사람이 아무도 없"(「명랑 13」)는 시대에 '안개와 무덤' 같
은 장애를 넘어 "한번만 꽃이라고 말해주어도// 나무나 하
늘이, 우리 가까이 오는 거지/ 우리에게 와선, 한 뼘 훤칠해
지는 거지// 우리에게도 그런/ 사람이 사람을 다녀가기도
하는 것이지"라는 「사람학 개론」을 작성할 수 있다.

　　새벽에 듣는 쇼팽

음악이
새벽을 지배하는 것은 싫다

문장과 문장 사이의 여백으로
볼륨을 낮추어 '겨우'로 맞춘다

'겨우'라는
아슬아슬하고 쓸쓸하고 다행인
흘러버리기 맞춤한

하루를
겨우 살아보는 건 얼마나 좋은가
다정한 말인가

커피잔에 남아 다 식은 커피 같은가

겨우 사랑하고
겨우 행복하고
겨우 가난한

쇼팽을 듣다
빼먹은 문장들을 다시 채우고 있다

성에꽃이 피었다

유기택 시인은 "새벽에 듣는 쇼팽// 음악이/ 새벽을 지배하는 것은 싫다"라는 선언으로 작품을 시작한다. '새벽'은 새로운 날의 시작이고, 새로운 날은 곧 새로운 세상이니 이 말은 '음악이 지배하는 세상'에 대한 회의라고 이해할 수도 있다. 왜 그럴까, 음악에는 '겨우'가 없다. '겨우'는 '사이'가 생성되는 최적의 지점이다. "아슬아슬하고 쓸쓸하고 다행인/ 흘려버리기 맞춤한" 것이 '겨우'이기 때문이다.

시인은 "울 생각이 별로 들지 않는 나는 여전히 비겁했는데/ 비겁에 대해서도 용감하지 못해/ 사람들에게 죄다 날개를 하나씩 매달아주고 싶었다"(「명랑 13」)고 어쩌면 그간의 시작 동기를 밝혔다. 기대하건대 시인은 "쇼팽을 듣다/ 빼먹은 문장들을 다시 채우고 있다"고 했으니 그 '문장'들도 너무 늦지 않게 띄워주시길 바란다.

현대시세계 시인선 **118**

호주머니 속 명랑

지은이_ 유기택
펴낸이_ 조현석
기 획_ 고영, 박후기
펴낸곳_ 북인
디자인_ 푸른영토

1판 1쇄_ 2020년 08월 31일
출판등록번호_ 313 - 2004 - 000111
주소_ 121 - 842 서울 마포구 서교동 467 - 4, 301호.
전화_ 02 - 323 - 7767
팩스_ 02 - 323 - 7845

ISBN 979-11-6512-118-1 03810
ⓒ 유기택, 2020

이 도서의 국립중앙도서관 출판예정도서목록(CIP)은 서지정보유통지원시스템
홈페이지(http://seoji.nl.go.kr)와 국가자료종합목록시스템(http://www.nl.go.kr/
kolisnet)에서 이용하실 수 있습니다. (CIP제어번호 : CIP2020033087)